11

Rhea

宥薰

松松

妹妹

佳勳

文文

千沛

亮亮

Penny

熊熊

乖乖

蔓蔓

舒舒

小閔

大腳丫

文｜王維萱　圖｜黃雅玲

步步出版

社長兼總編輯｜馮季眉　責任編輯｜李培如　美術設計｜吳孟寰

出版｜步步出版／遠足文化事業股份有限公司
發行｜遠足文化事業股份有限公司（讀書共和國出版集團）
地址｜231 新北市新店區民權路 108-2 號 9 樓
電話｜(02)2218-1417　傳真｜(02)8667-1065
客服信箱｜service@bookrep.com.tw　網路書店｜www.bookrep.com.tw
團體訂購請洽業務部｜(02) 2218-1417 分機 1124
法律顧問｜華洋法律事務所 蘇文生律師

印製｜通南彩色印刷有限公司　初版｜2024 年 4 月
定價｜350 元　書號｜1BTI1042　ISBN｜978-626-7174-60-9

國家圖書館出版品預行編目 (CIP) 資料

大腳丫／王維萱文；黃雅玲圖 . -- 初版 . -- 新北市：步步出版，
遠足文化事業股份有限公司, 2024.04
　面；　公分　國語注音　ISBN 978-626-7174-60-9（精裝）
863.599
113003912

文・王維萱

臺中人，新聞系和社工所畢業，住過幾個國家，做過許多工作，在新加坡醫院做社工，在墨爾本做花藝，在愛丁堡做幼教，現在正走在成為兒童遊戲治療師的路上。喜歡無所事事、書店、陶藝、孩子和貓咪，還喜歡在大自然中漫步。愛想像與創作，因為這是走到哪都能做的事。大腳丫的故事完成於愛丁堡，靈感來自童年成長經歷。已出版繪本《我想養老虎》（小天下出版）。

圖・黃雅玲

生於臺南新營，英國劍橋藝術學院童書插畫學系碩士，目前定居在英國。覺得繪者簡介很難寫的繪本作家，畫笑臉會跟著一起笑的插畫家，時間永遠太少、咖啡永遠不嫌多的工作狂。話很少心事很多，不是在家畫畫不然就是在旅行的路上。想畫的東西不是讓人覺得很厲害的，而是能產生共鳴的創作。

已出版作品有《This Is The Way In Dogtown》、《我們待會見》、《森林森林雞蛋糕》繪本等作品。

大腳丫

文 王維萱　圖 黃雅玲

我有一雙很大的腳丫。

我討厭我的大腳丫，
因為它們總是讓我難為情。

「你穿的鞋子好大喔！」
學校的其他小朋友都這樣說。
還有人笑我是大腳怪。

媽媽帶我去買鞋時，鞋店阿姨也說：
「小妹妹，你的腳好大喔！」
她的聲音有點響，其他顧客都轉頭
盯著我的腳。好尷尬！

爸ㄅㄚˋ爸ㄅㄚ說ㄕㄨㄛ，我ㄨㄛˇ的ㄉㄜ大ㄉㄚˋ腳ㄐㄧㄠˇ丫ㄚ很ㄏㄣˇ厲ㄌㄧˋ害ㄏㄞˋ，
可ㄎㄜˇ以ㄧˇ像ㄒㄧㄤˋ小ㄒㄧㄠˇ猴ㄏㄡˊ子ㄗ˙一ㄧˊ樣ㄧㄤˋ爬ㄆㄚˊ上ㄕㄤˋ爬ㄆㄚˊ下ㄒㄧㄚˋ。

媽媽說，我的大腳丫很了不起，
可以走很長很遠的路。

但是，我還是想把我的腳藏起來，
這樣別人就不會看到我的大腳丫。

我ぞ討を厭一去ぐ需正要ぶ脱を鞋工子zの地か方に，
比ご如是說是，舞メ蹈を教堂室zi。

因為脫掉鞋，大家就會發現我有一雙大腳丫。

我想，如果去一個有很多
大腳丫的地方生活，
我就一點也不奇怪了吧？

我ㄨˇ決ㄐㄩㄝˊ定ㄉㄧㄥˋ出ㄔㄨ發ㄈㄚ尋ㄒㄩㄣˊ找ㄓㄠˇ大ㄉㄚˋ腳ㄐㄧㄠˇ丫ㄧ同ㄊㄨㄥˊ伴ㄅㄢˋ。

我聽說青蛙也長了一雙大腳丫。
我來到青蛙鎮，看到好多和我一樣的大腳丫！

我找到青蛙鎮長，問他：
「我可以在青蛙鎮住下來嗎？」
青蛙鎮長一臉睏意的說：
「我們正要開始冬眠，沒辦法待客，
可以請你明年春天再來嗎？」

可是我還不想回家啊！於是，我繼續走呀走。

我來到了企鵝村。

企鵝也有大大的腳掌，可以作我的大腳丫同伴！

我問企鵝村長：「我可以和你們一起生活嗎？」
企鵝村長誠懇的說：「你的衣服太薄了，我們每
天都要到冰冷的海裡捉魚和嬉戲，請你找一件
厚衣裳穿上再來加入我們！」

我沒有厚衣裳。

於是，我繼續走呀走，
來到了駱駝紮營的地方。

駱駝很歡迎我和他們一起旅行。

駱駝首領說：「大腳丫走在沙漠裡比較輕鬆呢！」

但又說：「我們要走很遠的路喔！路上沒有水，會很渴，你有帶大水壺嗎？」

我沒有大水壺。

一路_{ㄌㄨˋ}上_{ㄕㄤˋ}，我_{ㄨㄛˇ}遇_{ㄩˋ}見_{ㄐㄧㄢˋ}好_{ㄏㄠˇ}多_{ㄉㄨㄛ}大_{ㄉㄚˋ}腳_{ㄐㄧㄠˇ}丫_ㄚ，
但_{ㄉㄢˋ}是_{ㄕˋ}還_{ㄏㄞˊ}沒_{ㄇㄟˊ}找_{ㄓㄠˇ}到_{ㄉㄠˋ}可_{ㄎㄜˇ}以_{ㄧˇ}一_ㄧ起_{ㄑㄧˇ}作_{ㄗㄨㄛˋ}伴_{ㄅㄢˋ}的_{ㄉㄜ}
大_{ㄉㄚˋ}腳_{ㄐㄧㄠˇ}丫_ㄚ。

我_{ㄨㄛˇ}走_{ㄗㄡˇ}得_{ㄉㄜ}好_{ㄏㄠˇ}累_{ㄌㄟˋ}，而_{ㄦˊ}且_{ㄑㄧㄝˇ}我_{ㄨㄛˇ}想_{ㄒㄧㄤˇ}家_{ㄐㄧㄚ}了_{ㄌㄜ}。

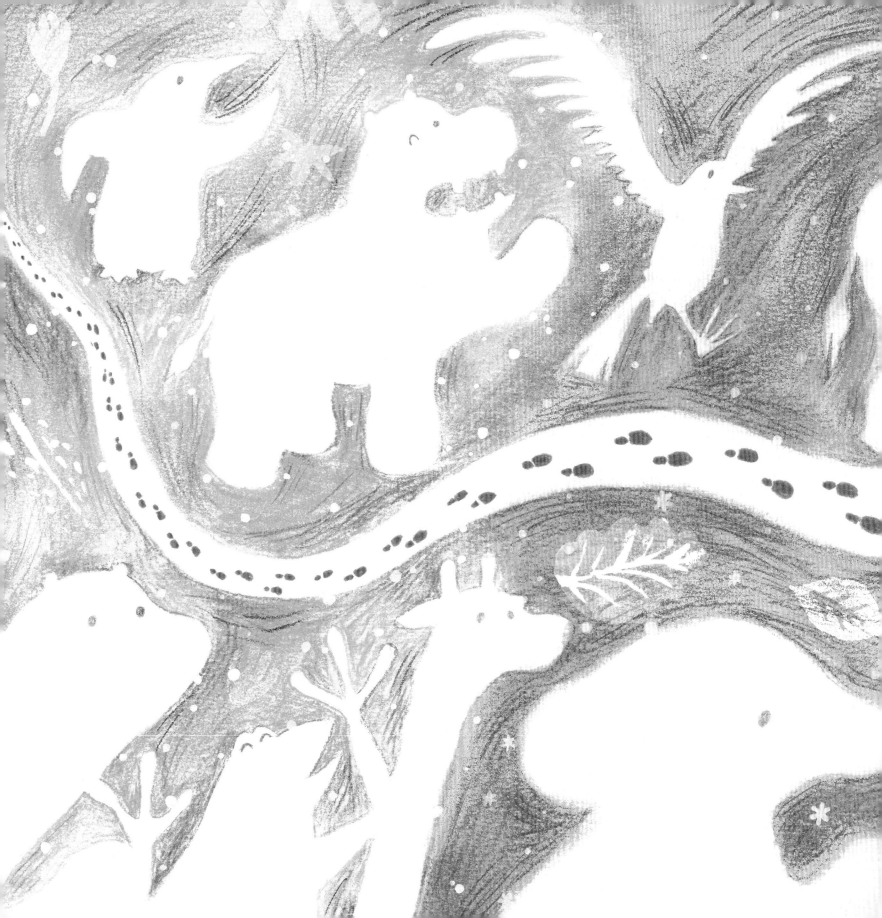

先回家吧，下次再繼續找！

今天是我生日，我們邀請了好多大朋友和小朋友
來家裡慶生。

大家都脫了鞋，換穿室內拖鞋。
我負責幫忙把大家的鞋子排好。

這時，我發現，我爸爸的鞋比其他爸爸的鞋都大，我媽媽的鞋也比其他媽媽的鞋大，我的爺爺、奶奶的鞋也好大！

我的

爸爸的

媽媽的

我好驚訝！
原來，我的大腳丫同伴
一直在身邊！

我ㄨˇ有ㄧㄡˇ一ㄧ雙ㄕㄨㄤ大ㄉㄚˋ腳ㄐㄧㄠˇㄚ，還ㄏㄞˊ有ㄧㄡˇ
大ㄉㄚˋ腳ㄐㄧㄠˇㄚ爸ㄅㄚˋ爸ㄅㄚ，大ㄉㄚˋ腳ㄐㄧㄠˇㄚ媽ㄇㄚ媽ㄇㄚ，
大ㄉㄚˋ腳ㄐㄧㄠˇㄚ爺ㄧㄝˊ爺ㄧㄝ，大ㄉㄚˋ腳ㄐㄧㄠˇㄚ奶ㄋㄞˇ奶ㄋㄞ。

Izzy

Josh

Leo

Annabelle

淘淘

Sarah

Amy

媽媽　爸爸

Yuna

軒

乖乖　蔓蔓

綺綺　阿峰　Cooper　Carson